U0065714

閱讀123

國家圖書館出版品預行編目資料

歡迎光臨餓蘑島／王文華文；賴 馬圖
-- 第二版 . -- 臺北市：親子天下，2017.07
161 面；14.8x21 公分 . --（閱讀 123 系列）
ISBN 978-986-94983-3-3（平裝）
859.6 106009463

閱讀 123 系列 ——— 026

海愛牛社區 2

歡迎光臨餓蘑島

作者｜王文華
繪者｜賴馬

責任編輯｜蔡珮瑤
美術設計｜蕭雅慧
行銷企劃｜王予農、林思妤

天下雜誌群創辦人｜殷允芃
董事長兼執行長｜何琦瑜
兒童產品事業群
副總經理｜林彥傑
總編輯｜林欣靜
主編｜陳毓書
版權主任｜何晨瑋、黃微真

出版者｜親子天下股份有限公司
地址｜台北市 104 建國北路一段 96 號 4 樓
電話｜（02）2509-2800　傳真｜（02）2509-2462
網址｜www.parenting.com.tw
讀者服務專線｜（02）2662-0332　週一～週五：09:00~17:30
讀者服務傳真｜（02）2662-6048　客服信箱｜parenting@cw.com.tw
法律顧問｜台英國際商務法律事務所．羅明通律師
製版印刷｜中原造像股份有限公司
總經銷｜大和圖書有限公司　電話：（02）8990-2588

出版日期｜2010 年 8 月第一版第一次印行
2022 年 9 月第二版第七次印行
定價｜280 元　書號｜BKKCD073P
ISBN｜978-986-94983-3-3（平裝）

——— 訂購服務
親子天下 Shopping｜shopping.parenting.com.tw
海外．大量訂購｜parenting@cw.com.tw
書香花園｜台北市建國北路二段 6 巷 11 號　電話（02）2506-1635
劃撥帳號｜50331356 親子天下股份有限公司

立即購買 >
有聲故事書

歡迎光臨餓蘑島

文　王文華　圖　賴馬

目錄

人物介紹

小傑

10歲，去年剛搬到海愛牛社區，是資優班學生，喜歡甲蟲和體育。

蒜頭

11歲，海愛牛社區11歲小孩裡的大力士，他爸爸喜歡吃蒜頭，所以他的外號叫做蒜頭 ，但是他很討厭蒜頭。

阿光

媽媽在他小時候出門買菜後，就一直沒回來，和爸爸、妹妹相依為命，但是他爸爸好像常常忘記他有兩個小孩。

珠珠

海愛牛社區孩子的命學大師，也喜歡美食……節目，對吃很有研究。

阿正

膽子比較小，出門玩時，什麼東西都要帶在身上才有安全感。

莉 莉
平時把早餐都拿去餵流浪狗，看電影一定要準備至少兩條手帕才夠她擦眼淚。
白髮爺爺
野外行動規劃專家，因為年紀大，行動指數急速下降中。
眼鏡叔叔
他的肩頭永遠蹲了一隻小猴子，專長不詳，正調查中。

短髮姐姐
藍波刀是她的正字標誌，生死格鬥是她的特長，她的興趣……找不到。
32
胖大娘
沒有一種交通工具她不會開，沒有一種料理她煮不出來。本是富家女，因為遇人不淑，結果……

1 殺殺惡魔

安靜的社區，夏天的午後，突然爆出一串鬼吼：

「殺惡魔！殺殺惡魔來了！」

「殺惡魔！殺殺惡魔來了！」

我家的玻璃窗，怕得發抖；院子裡的麻雀升空警戒，黃花阿勃勒急忙張開降落傘，颯颯颯颯往下落。

殺惡魔來了—

砰砰砰，砰砰砰，海愛牛家家戶戶的小孩，推開大門跑下樓。

惡魔來了還敢下樓？

都怪暑假太長太無聊，無聊到惡魔殺來，我們也會忍不住跑出來。

跑哇跑哇，小孩子跑成一列好奇的遊行隊伍。

「殺惡魔，殺殺殺惡魔來了！」

跑過巷子轉角，終於看見：一輛藍色發財車，沿著社區小巷慢慢開，車上看板貼著海報：

「歡迎報名餓蘑島夏令營。」

原來是餓蘑島，不是惡魔。

車上的破喇叭，尖銳高亢的嘶吼：

「沙沙……沙沙餓蘑……餓蘑沙沙沙來了……」

哈，原來也不是殺惡魔，是喇叭太舊，沙沙沙的聲音聽起來就變成「殺殺殺」。

蒜頭擦擦汗問我：「小傑，這是夏令營？」

我也擔心：「應該是，只是，為什麼是去

餓蘑島？」

發財車上的司機搖下車窗，他有一嘴金牙，哈哈！是我們的里長——吳牙醫。

每個小孩，手裡都有了張傳單，傳單上頭，一行大字：

「冒險刺什麼……」阿光吃力的唸：「雞飛什麼能的課程。」

莉莉糾正他：「是冒險刺激，激發潛能啦！」

「哦哦哦，」蒜頭興高采烈的用雙手在空中游泳，「我喜歡潛水。」

「我也喜歡潛水，」阿正擔心的說：「可惜我還不會游泳。」

我仔細看看傳單：「人家是說激發潛能，不是雞飛潛水。」

小氣節儉的珠珠發現，還有一行小字：「海愛牛社區小朋友，免費參加。」

免費？有這麼好康的事？

吳牙醫拿著大喇叭：「沒錯，沒錯，這是我當里長後，為小朋友謀求的福利，回家要告訴爸爸媽媽，吳國正當里長，里民有信心，大家都滿意，下次選舉，要記得……」

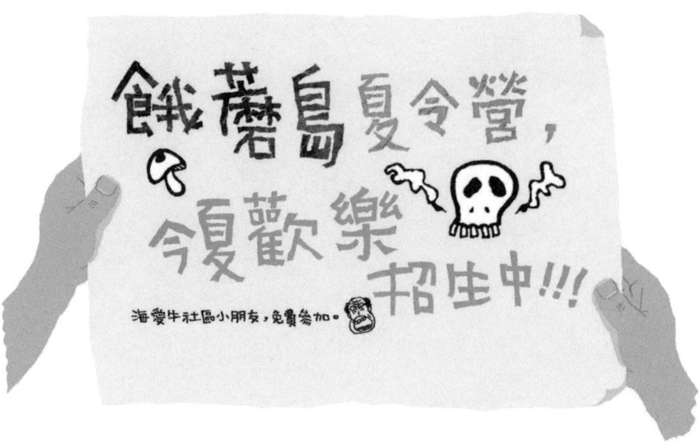
餓蘑島夏令營，
今夏歡樂
招生中!!!
海愛牛社區小朋友，免費參加。

他說得好激動，口水亂飛，像下雨一樣。

阿光搶過喇叭：「小朋友的福利社在哪裡？」

吳牙醫一愣！

珠珠把喇叭拿過去：「里長是為大家找福利，不是福利社。」

吳牙醫急忙搶回喇叭：「對啦！快來報名參加福利社，啊，不對啦，是夏令營。」

他滿懷希望看著我：「小傑，你要不要第一個報名？」

我搖頭：「我討厭夏令營，又要唱歌又要跳舞。」

「不不不，我們的夏令營不唱歌不跳舞。」

蒜頭也不要：「我不喜歡上課，放暑假還上什麼課程。」

吳牙醫急了：「免費的，還有五星級大廚師來煮好吃的法國料理。」

我們一起說：「天下沒有白吃的午餐！」

吳牙醫有點沮喪：「所以，你們都不參加？」

這回我們很有默契：「不，我們都要報名，因為，雖然我們討厭唱歌又不想上課，可是比起無聊的暑假，我們決定參加餓蘑島夏令營。」

2 海愛牛環島進香團

夏令營報到那天，天空很藍，白雲很淡，阿勃勒的黃花開得一街燦爛。

來送行的家長，離情依依，沿著馬路，站成一排；我們小孩子比較堅強，每個都笑嘻嘻。

蒜頭的爸爸交給他一大包蒜頭：

「吃飯前嚼一粒，可以殺菌；吃完飯，再嚼一粒，就不必刷牙。」

蒜頭面有蒜色：「真的要帶這個去？」

蒜頭爸爸恐嚇他：「荒郊野外，」他故意壓低音量：「要是遇見殭屍，拿出蒜頭，殭屍立刻滾回墳墓。」

我覺得怪怪的：「蒜頭爸爸，殭屍是用跳的。」

珠珠也說：「吸血鬼才怕蒜頭。」她有節儉的好習慣，搶過那包蒜頭說：「我替他保管，幫他趕吸血鬼。」

蒜頭如釋重負，他是海愛牛社區的男子漢，可是怕死了蒜頭。

阿正背著特大號的背包，裡頭什麼都有，從泡麵、巧克力、罐頭到整袋衛生紙，只差沒把媽媽打包帶過來。

阿正說不要緊，揚揚手機：「有什麼事，立刻能找到我媽。」

阿正爸爸補充：「我們家的吉普車二十四小時待命，你打電話給我，我馬上出發。」

有這麼細心周到的爸媽，當然也會有像阿光家那個糊塗的爸爸，車子都快來了，他還躺在床上呼呼大睡。

所以嘍，阿光什麼都沒帶，

連牙刷、牙膏、換洗衣褲都沒帶。

對了，他只帶了那兩管永遠流不完的鼻涕來。

珠珠凶巴巴的問他：「那你洗完澡怎麼換衣服？」

阿光用力把鼻涕吸回去：「沒關係，我的內褲可以一個禮拜不用換，節能減碳，愛護地球啦！」

聽到這裡，我們全去找珠珠要蒜頭，希望對付吸血鬼有效的蒜頭，也能對抗汗臭味。

豪華、帥氣的遊覽車來了。

我們提著大包小包的行李，忍著淚水（終於想到要跟爸媽分開好多天了），搶著要占最後一排位子（那裡玩起來沒人管）。

不過，吳里長擋在門前，不讓我們進去。

「不是這臺，不是這臺！」

「為什麼？」

蒜頭爸爸豪氣的丟一把蒜頭進嘴巴：「這輛遊覽車是給海愛牛的大人去環島進香的，你們的車子，等一下才會來。」

其他大人笑得很開心：「對啦！小孩子去夏令營，大人趁機環島大拜拜，小孩子有暑假，大人辛苦那麼久，也應該放放暑假嘛！」

「這叫做一兼二顧，摸蛤蜊兼洗褲。」他們說得很得意。

阿正緊張了，拉著他爸媽：「那……你們不是說，吉普車二十四小時待命？」

阿正爸爸拍拍他的頭：「對啊，吉普車二十四小時待命等我回來。」

「我……我不要。」阿正的眼眶含著淚水緊抓著爸爸，阿正爸爸要很用力才能撥開他的手指。

吳牙醫拿出三角形的進香旗：「好了，好了，各位親愛的里民，出發了。」

我們小孩子悲憤的問：「那我們呢？我們怎麼辦？」

吳牙醫露出金燦燦的假牙：「安心，安心，等一下你們的車就

來了。」

他們坐在遊覽車上揮手，每一個都很快樂。

只有阿光爸爸愁眉苦臉的，因為他起床趕到時，遊覽車恰恰好開走了。

阿光邀他：「阿爸，你跟我們去夏令營好不好？」

我們都知道，阿光的媽媽早就離家出走，只剩他和妹妹、爸爸相依為命。

阿光爸爸搔搔頭，打個超級長的哈欠後說：「照顧這麼多個小孩？我寧願回去睡覺。」

3 夏令營的老師

煞！

黃色娃娃車停在我們面前。

蒜頭瞄了一眼：「都暑假了，幼稚園竟然還要上課，好可憐。」

「幸好我們都長大了，」阿光雙手張開，像一架飛機，「才能享受自由自在的暑假呀。」

砰！

娃娃車的車門打開，沒有娃娃上車，可怕的霉味直襲我們的肺。

我連忙捏著鼻子，探頭一瞧，天哪，真破舊的車，車皮油膩膩，車窗破洞貼著膠帶，車門搖搖晃晃，好像隨時都會掉下來。

蒜頭大笑：「是誰那麼倒楣坐這輛娃娃車？」

對呀，車內的空氣，噁！我只吸了一小口，就快吐了。

莉莉皺著眉頭，緊捏著鼻子。

珠珠破口大罵：「好可怕的車，趕快開走啦！」

娃娃車的司機，拿著大聲公：「啊——你們不上來，我要怎麼開車？」

「我們？」

大聲公繼續吼：「不然是誰？」

「坐這種破車？」

「你們里長的經費只找得到這、種、破、車，快上車，我載完你們，還要去載山氣鼠社區的小孩！」

陽光很美，阿勃勒的花很美，阿光輕快的跳進那輛車，簡直像要去搭雲霄飛車一樣。

但是，車裡的氣味，喔～我屏住呼吸，車裡的座椅油膩膩，地板黏答答，每一步都令人提心吊膽。

「我不要……」珠珠跟在我後面，她還沒說完，車子砰的一聲跳起來，她一屁股就坐在黏黏油油的地板上。

「你……你給我記……」

嘰——煞！

娃娃車緊急煞車，我們跌成一團。

「你怎麼開車的啦！」珠珠好不容易從油膩的地板站起身來。

大聲公說：「別怪我，有人要上車！」

砰！車門被人推開，咚咚咚咚，上來四個人和一隻猴子。

珠珠的嘴巴張得大大的：「這……又不是公車。」

「你們是誰？」阿光吸了吸鼻涕，「是夏令營的老師嗎？」

滿頭白髮的老爺爺點點頭。

他後面是一位戴眼鏡的叔叔，眼鏡叔叔身上有隻小猴子。

渾身散發陽光氣息的短髮姐姐，笑也不笑，酷斃了。

最後，是個胖胖的大娘，她把司機的大聲公搶走。

「走啦！」胖大娘喊著，司機油門一踩，車子跳著出發，珠珠沒抓好，又跌坐在油油的地板上。

短髮姐姐抱著阿光。

白髮老爺爺膝上坐著莉莉。

眼鏡叔叔擠在阿正和蒜頭中間，猴子跳到他們頭上。

我看看左右，沒地方好去，胖大娘將我拉過去：「我抱你。」

「我——不——」

我還沒叫完，她就像抱個小嬰兒一樣，緊緊勒著我的脖子。

阿光仰起頭問：「你們真的是老師？」

短髮姐姐沒回答，白髮老爺爺愣了一下：「對……對呀，我教……我教地理勘查與行動研究。」

蒜頭說：「野外求生嘛！」

白髮老爺爺指指眼鏡叔叔：「嗯，只要碰上野生動物，都找他。」

眼鏡叔叔點了點頭。

「阿芬……」白髮老爺爺正要說。

珠珠搶著答：「她教我們野炊？」

大娘一把將我放下：「煮飯是我的事。」

「那她……」

短髮姐姐不知道從什麼地方抄出一把藍波刀：「生死格鬥。」

「哇！」我們男生大叫，「帥呀！」

帥字還在嘴裡繞，煞！娃娃車又停了。

「又怎麼了？」珠珠沒好氣的問，她的手又黏回地板上。

司機也很生氣：「紅燈。還有，又有人要上車。」

「又有人要上車？」我從胖大娘的臂彎縫隙看到，車門邊四個穿著童軍服的年輕哥哥。

「餓蘑島夏令營對不對？讓我們上車，我們是老師！」那四個人喊。

這怎麼回事？六個小孩的夏令營，有八位老師？

胖大娘鬆開我，拿著大聲公朝外怒吼：「客滿了，坐不下了。」

砰砰砰，他們四個還在敲門。

司機不耐煩了：「現在是要怎樣啦？」

胖大娘走到前面，拉開車門趕司機下車，她拍拍手，坐上駕駛座，剎的一聲，車門關上。

珠珠氣呼呼的：「你不是廚師嗎？」

胖大娘油門一踩，砰！車子起步太快，那塊超油地板又把珠珠吸住了。

大聲公傳來一句：「廚師兼司機，不行嗎？你再多嘴，我連你也丟下車。」

4 餓蘑島露營地

娃娃車瘋狂的在街道行駛。

一百八十度急轉彎，車輪吱吱叫，我們在車裡唉唉叫。

「哎呀！你的頭別撞我。」

「好可怕，我的臉——」

我的鼻子和嘴巴貼在車窗上。

好不容易轉完右邊，又回到左邊，這回車內傳出：

「死蒜頭，你……」

那是珠珠的哀號，蒜頭跌在珠珠身上，珠珠的鼻子和嘴巴緊緊黏在地板上。

超級噁心的油膩地板。

只有白髮老爺爺閉目養神，單手輕拍膝蓋，彷彿道行很深的老和尚在廟裡唸經。

那個短髮姐姐也很厲害，不管車子怎麼轉，她就像一個陀螺，輕輕一轉，又站定了。

搖搖晃晃，一條黑色大狗被兩隻花貓追，更後面，哇，三隻老鼠吱吱吱的追著貓，老鼠追大貓？

搖來擺去，車子走在商店街上。

一條粉紅底襯黃花瓣的棉被，在街上連滾帶爬，報紙在後頭追得有點累，更後面有幾十片落葉飛，落葉追報紙，報紙追棉被？

噁——我一定暈車暈得太厲害。

幸好，好心的警察先生把我們攔下來。

「我超速了嗎？」胖大娘的大聲公忘了拿掉。

和氣的警察先生揉著耳朵，我們揉著額頭。

「沒事，沒事，我們在抓珠寶店的搶匪。」

「搶匪？」白髮老爺爺說：「我們要去夏令營，車上沒有搶匪。」

和氣的警察先生揮揮手：「當然，當然！」

咻——胖大娘繼續往前開。

車窗外，珠寶店門口拉著封鎖線，幾百個警察荷槍實彈。

車子跑得很快，出了城，到了鄉村；出了鄉村，來到港口。

一艘和娃娃車同樣破舊的木船停在碼頭邊，胖大娘開船，我們坐船，很不可思議的是，船立刻發動，開起來速度還不慢，我們又在船上待了三個多小時，這才來到一座小島，島很小，卻有兩座山，一塊大大的招牌寫著：

「餓蘑島營區，冒險刺激」

島上鳥語花香，沿著碼頭的街邊，建了一棟棟小木屋，裡頭還有SPA和溫水游泳池；旁邊附設自助式的巴比Q。

二十四小時營業的便利商店招牌，就立在營地正中央。

餓麼島營區，冒險刺激

莉莉感動得哭了，不對不對，她是氣得哭了，因為阿光暈船，吐了，直接吐在她身上。

阿正搖搖頭：「根據今天的經驗，這種地方，絕對不是給我們住的。」

我和蒜頭深有同感，趕快看看四周，有沒有給貧窮公子住的窮酸營地。

沒想到的是，胖胖的營地主任跑出來，給我們一個用力的擁抱：「吳里長的貴賓就是我們的貴賓，一共十位，要住五天四夜，對不對？」

「是真的？」我們揉著眼睛，望著一切。

蒜頭用力一捏：「不是在作夢？」

啊，發出慘叫的是阿正，他撥開蒜頭的手：「你捏這麼用力做什麼啦！當然是真的。」

這下子，我真的原諒吳牙醫了，雖然他派了全世界最破舊的娃娃車和木頭船，雖然他找了四個看起來什麼都不會的老師，雖然他讓爸爸、媽媽搭豪華遊覽車去進香，但是眼前這一切，值得了。

「我要先去洗SPA！」珠珠怒氣沖沖的瞪著胖大娘說：「我再也不要搭這種破船。」

白髮老爺爺拿起他的行李袋：「你們在這裡玩，我們先走，再見！」

蒜頭疑惑問道：「你們要去哪裡？」

短髮姐姐看著地圖：「我們要急行軍，攀岩，」她的藍波刀直接射進一號山上，「翻過這座山，繞島一圈回來。」

一號山，背著陽光，看起來很陡，山上怪石磊磊，感覺很不容易親近。

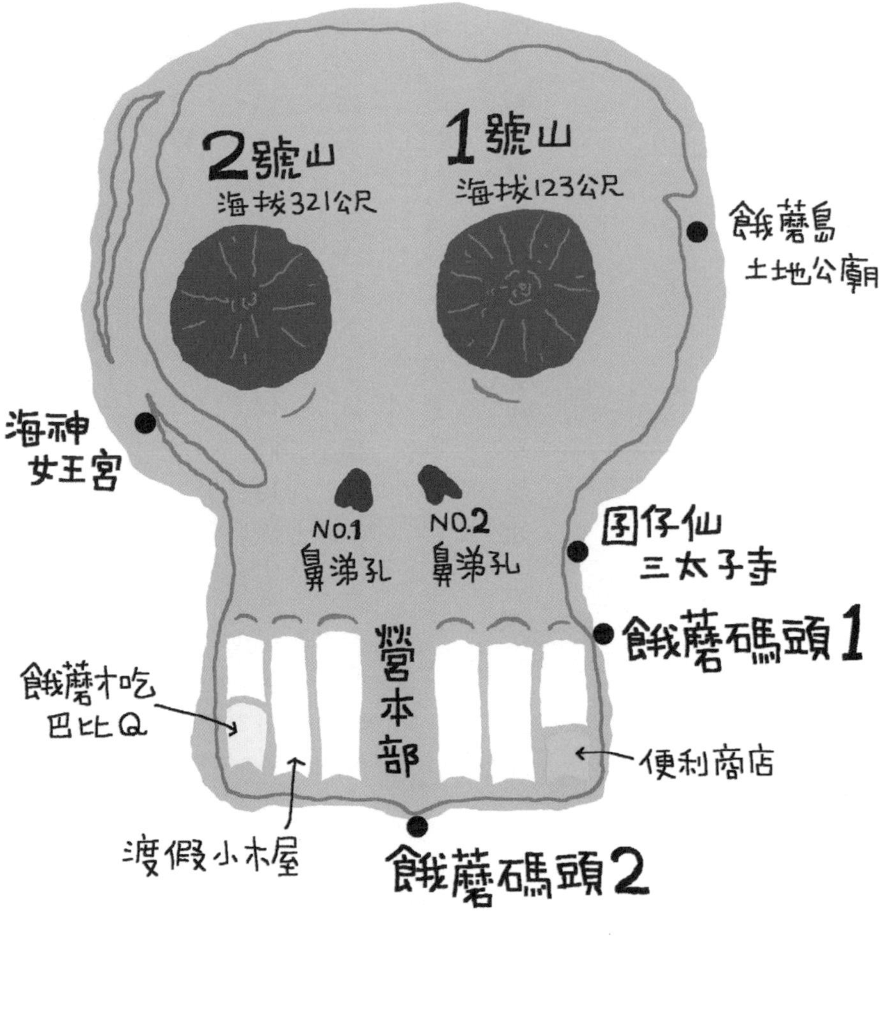
2號山
海拔321公尺
1號山
海拔123公尺
餓蘑島
土地公廟
海神
女王宮
NO.1
鼻涕孔
NO.2
鼻涕孔
囝仔仙
三太子寺
餓蘑碼頭1
營本部
餓蘑才吃
巴比Q
便利商店
渡假小木屋
餓蘑碼頭2

短髮姐姐催著：「我們要為明天的活動做準備，你們在營地裡玩，我們出發了！」

胖大娘也說：「對啦，你們這些小鬼沒有用，留在這裡。」

她的話激起蒜頭的男子氣概：「聽起來很好玩，我也要去。」

我們急忙拉著他：「不不不，他們去就好，我們自願留守。」

阿光把鼻涕擦掉，拉著短髮姐姐：「留在這裡？不，我也要去爬山。」

5 一個都沒少

風蕭蕭，海水寒，我們在碼頭上分成兩邊。一邊要走，一邊要留。

珠珠提議：「留下來洗SPA，消除疲勞，暑氣全消。」

對呀，這是正常兒童該做的選擇。

沒想到，蒜頭很堅定：「我想接受挑戰。」

阿光也說：「反正我沒帶衣服來換，洗不洗都一樣啦。」

這兩個只顧冒險，不顧友誼的傢伙。哼！我和阿正只好祝福他們：「好吧！你們去登山健行，我們留在這裡吃巴比Q，而且全部吃光光，一點也不留。」

他們走進金色的陽光裡，莉莉下了結論：「真不知道他們在想什麼？」

是呀，真不知道他們在想什麼，所以珠珠立刻打上分數：「兩個呆子！」

胖子主任帶我們去小木屋，小木屋的冷氣很舒服；服務生送來冰涼的水果茶和麵包，食物看起來很好吃。

「各位貴賓，歡迎光臨餓蘑島，請大家先休息，六點的時候，我們有池畔巴比Q。」

小木屋裡頭有兩間房，胖子主任才剛關好門，珠珠和莉莉已經拿起枕頭朝我們攻擊。

她們大叫：「你們這兩個江洋大盜，來受死吧！」

打枕頭仗？誰怕誰呀！

我和阿正拿起棉被當沙包，聯手反擊惡魔少女組；過沒多久，莉莉和我又合力對抗阿正與珠珠那對喔喔亂叫的印第安夫婦。

殺殺殺殺，我們在房裡追來殺去。

丟丟丟丟，枕頭砲彈在房裡亂飛。

追久了，我們終於累得停下來。

桌子上，安安靜靜擺著六杯飲料，除了我們四個，還有兩杯是蒜頭和阿光的。

莉莉說：「誰教他們不留下來。」

珠珠更狠：「這叫惡有惡報！」

這麼清涼的飲料，想到蒜頭和阿光爬著山，爬得滿身大汗，哈哈，即使想喝水，也只能喝……

不對！阿光連背包都沒帶，蒜頭爸爸交代的那一大包蒜頭，全留在珠珠這裡。

「那怎麼辦？」阿正問：「要是他們口渴了，怎麼辦？」

珠珠還是很生氣：「怪他們自己，誰教他們逞英雄！」她說得很氣憤，可是聲音卻愈說愈低，我們有冰冰涼涼的飲料，而他們可能連水都沒有……。

珠珠瞪了我們一眼。

她拿起一杯飲料：「好啦，我送飲料去給他們。」

莉莉拿著另一杯：「嗯，我也去。」

再怎樣，也不能讓兩個女生獨自走山路，阿正扛起他的大包包，我急忙再深呼吸一口小木屋的冷氣涼風。

珠珠大叫：「走吧！」

我們筆直的穿過餓蘑島營地，苦笑著跟胖子主任揮揮手。

經過地圖上標示的鼻涕岩。鼻涕岩上有個岩洞，那大概是鼻孔，只是鼻孔黑黝黝，不知道通往什麼地方。

過了鼻涕岩的沙地，就是一條往上直升的陡坡，我們大概是心裡急，半跑半跳。才走一段山路，就先撿到一個人——白髮爺爺。

他坐在山路上，滿頭大汗，氣喘吁吁。

珠珠問：「你不是教野外求生嗎？怎麼走這麼慢？」

「我……我教書，不用自己爬山呀！」

蒜頭很有義氣：「你的背包給我，我幫你背。」

「這……」他遲疑的站起來，隨即緊抓

著背包，「不……不用……走吧！」

前面又是陡峭的山路。

我們擔心的問：「沒問題嗎？」

他費力的點點頭，揮揮手要我們先走。

走呀走，爬呀爬，再高的山峰總有走完的時候，夕陽西下，小鳥回家，我們真的來到一號山的山頂上。

短髮姐姐已經搭好三座帳棚，升了一堆火，火堆旁，眼鏡叔叔架了一台短波收音機，蒜頭、阿光和眼鏡叔叔的猴子在樹上乘涼。

「你們怎麼來了？」阿光揮著手。

「拿去喝啦，臭蒜頭。」珠珠把飲料丟給蒜頭。

「爬上來，這裡看得遠。」他伸出手，一把將我拉上去。

哇！樹上望出去的風景真好。

夕陽染紅海面，餓蘑島沉浸在金色陽光中；海風吹拂我們的臉，很涼很涼，一點也不輸小木屋的冷氣。

阿正不敢爬樹，珠珠正在指揮他怎麼爬，阿光不知道說了什麼笑話，一時間，大家都笑了。

笑呀笑呀，我們的笑聲可以繞島好幾圈。

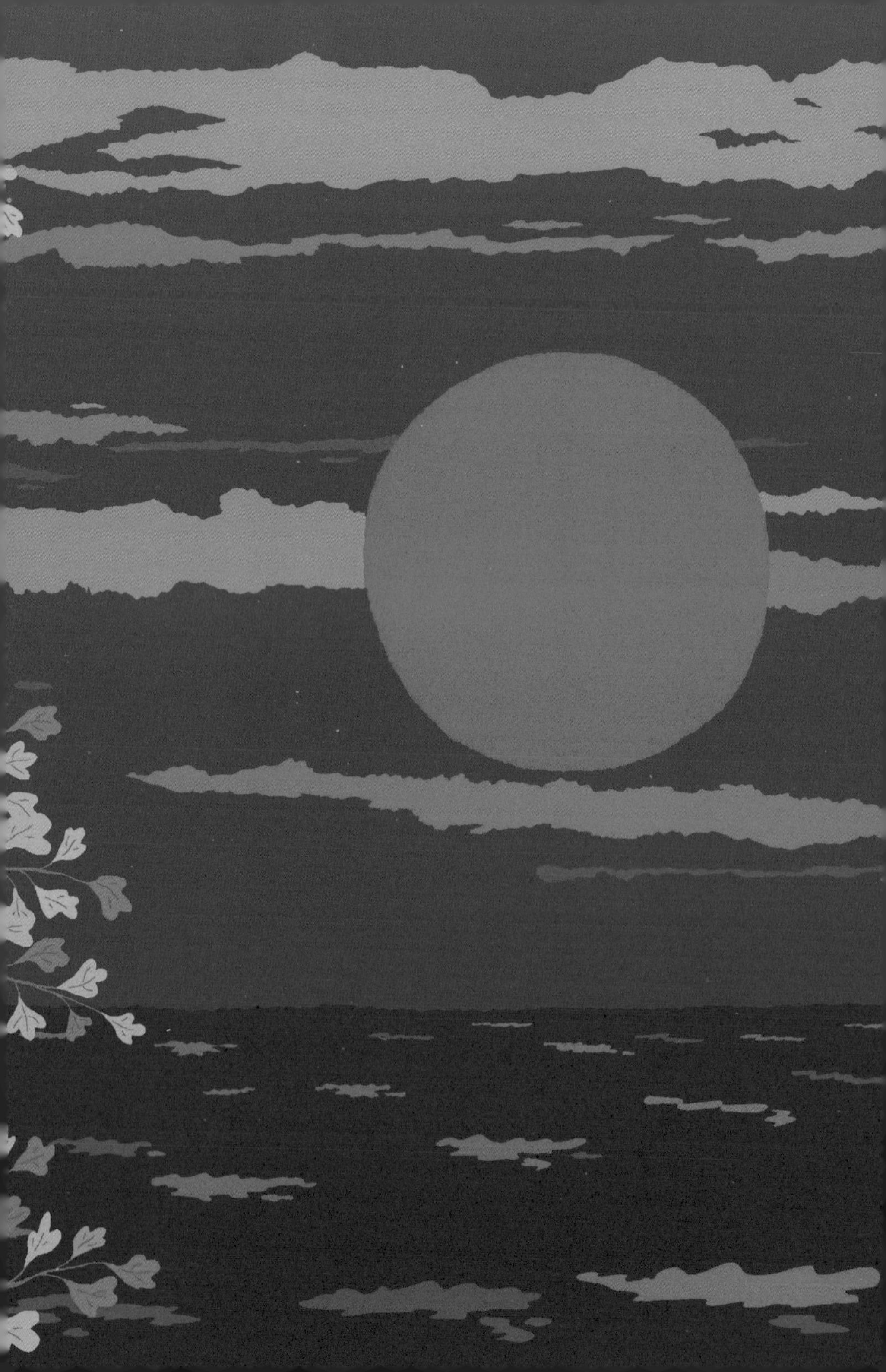

雖然沒有巴比Q，雖然沒有冷氣吹，但是跟大家坐在這裡，

嗯，這種感覺好像更好。

6 什麼都沒安排的營火晚會

坐在一堆營火前，白髮老爺爺催大家去睡覺。

「明天，大家都要比太陽公公早起，所以，」他打了個長長的呵欠：「孩子們，該睡了！」

太陽才下山不久，霞光彩雲還躲在山頭不回家，這時候睡覺？

蒜頭看看錶：「現在才六點半，太早了啦！」

阿光把碗裡的食物倒進嘴裡：「我平時都麼半夜一點才睡。」

胖大娘沒好氣的說：「那是貓頭鷹。」

莉莉想起來：「營火晚會呢？」

「營火晚會？」白髮老爺爺搔著頭，似乎沒想過這件事。

「大地遊戲、唱歌跳舞也可以！」

珠珠搶著說：「唉唷，你們這個夏令營怎麼都沒安排？啊不然，我獨唱好了，我會唱小蜜蜂。」

聽到珠珠要唱歌，我們急忙摀住耳朵。

「那……那怎麼辦？」白髮老爺爺看看我們。

我們搖搖頭：「你們是老師，你們要安排呀！」

「我們的安排就是早點睡覺，不然，」短髮姐姐拿著藍波刀說：「跟我格鬥，勝利的就可以不用睡。」

那把藍波刀很銳利，除了阿光躍躍欲試外，其他人都不要。

不要格鬥，也不睡覺。

時間好像停止不動，只有營火霹啪作響，幾顆火星飄上墨藍的天空。

莉莉第一個投降：「我睡覺前要聽晚安故事，沒聽故事睡不著。」

「又來了，」白髮爺爺喃喃自語：「什麼是晚安故事？」

「就是說故事嘛！」莉莉說。

說故事總比睡覺有趣，大家起鬨：「對對對，說故事！」

莉莉說：「要平安快樂，幸福美滿的故事。」

阿光口味獨特：「我喜歡殺來殺去，死一堆怪獸那種。」

蒜頭愛冒險；阿正想聽偉人傳記；我一時想不起來，只好大叫：「我要聽卡通打電動！」

白髮爺爺大聲喊停：「別吵，有什麼聽什麼，我來說灰姑娘的

故事好了，從前從前……」

我們大叫：「聽過了！」

「三隻小豬，從前從前有三隻……」

「臭酸了！」

「從前從前有個白雪公主……」

「發霉了。」

「啊，有了，我記得一個很恐怖，很可怕，很嚇人的……」他的聲音愈來愈低。

莉莉張大了眼睛，珠珠屏住了呼吸。

「鬼故事嗎？」我們顫聲的問。

白髮爺爺這才一字一句的說：「小、紅、帽。」

「ㄘㄟ——」我們大叫，「老掉牙的小紅帽，老掉牙的大野狼。」

白髮爺爺有點急了：「這也不要，那也不要，我哪有那麼多故事可以說呀！」他雙手抱胸：「不說了。」

「這……」這下換我們急了。

短髮姐姐在旁邊催：「好了好了，不聽故事就去睡覺了。」

我們急忙安慰白髮爺爺：

「好好好，我們聽小紅帽。」

「不會老掉牙？」他問。

六顆頭搖得很有默契：「不會，掉牙齒會長更好呀！」

蒜頭還很噁心的說：

「我最愛聽小紅帽了，每天晚上都要我爸說一遍，小紅帽用蒜頭嚇跑大野狼的故事！」

7 白髮小紅帽

「很久很久以前，那時我還很年輕，喜歡玩棒球。」

「小紅帽呢？」我們問。

珠珠是糾察隊：「噓——注意聽故事。」

火光把白髮爺爺染橘了，他笑一笑說：「我家有一張汗卡夫法老王金字塔的藏寶地圖。不知道為什麼，這位法老王的金字塔選在沙漠中央，我和同伴判斷，那個金字塔應該還沒被人找到，所以，我們二十多個人，帶了三十多頭駱駝，從開羅進入沙漠。」

白髮爺爺的故事很吸引人，大家全安靜了。

「我們走了十天，經過三個綠洲，地圖上說，只要再找到一個綠州，金字塔就不遠了。」

蒜頭忍不住問：「找到了嗎？」

「走到第十三天，還沒找到綠州，水卻所剩無幾了，我們知道頂多再撐一天，如果找不到法老王，就只能打道回府。那一天，我們睜大了眼睛，拚命看著四周，希望趕快找到綠洲，但是沙漠就是沙漠，一望無際的黃沙之外，什麼也沒有。一直到那天傍晚，我們絕望到想放棄時，最後的綠洲，竟然出現在沙漠那一邊。」

珠珠的聲音：

「綠洲長什麼樣子？」

「說它是綠洲，
其實湖水都乾了，
連棕櫚樹都變成枯木，
綠洲邊，還有一口井，
裡頭積滿了黃沙，
沒有水的綠洲，
當然不會有人來，

難怪這個金字塔能藏這麼久。

嚮導不死心，要大家輪班把黃沙挖出來，他說萬能的阿拉，既然指引我們找到綠洲，就會給我們生命的活泉。

輪到我挖井的時候，井已經挖得很深很深，挖著挖著，天就快亮了。

我發現這裡的沙很溼，快挖到水了，我正高興呢，上頭卻傳來一片慌亂的叫聲。」

阿正問：「發生……發生什麼事了？」

白髮爺爺說：「我從井底往上望，寶藍色的天空正由藍變黃，由黃變黑。」

我問：「那是……」

「沙漠風暴！」白髮爺爺解釋：「沙漠風暴很可怕，如果在平坦的地方遇上了，很可能被狂風捲走，但是我在井底，不怕狂風，只怕沙……黃沙從四面八方灌進古井，我要用布緊緊包住口鼻，沙子很細，就像粉一樣，到了最後，我幾乎沒辦法呼吸，我得不停的抬腳，否則就會被沙子活埋。

那個風暴好像永遠不會結束，我咳嗽著對抗風沙，我筋疲力竭，以為自己必死無疑的時候，風突然停了，沙靜了。

天空很藍，原來早就天亮了，而我竟然不必靠繩子，就可以爬出井，一次狂風沙，就足以填滿那口井。

井外很安靜，四周都是黃色，但是綠州好像也被狂風沙吹走了。」

蒜頭不相信：「綠洲怎麼可能被風吹走？」

我們全部朝著他比個噓：「別吵啦！」

白髮爺爺繼續說：「真的，因為那些棕櫚樹都不見了，我的夥伴和駱駝也都不見了，如果不是還有這口井，我會以為這裡什麼也沒有。

更慘的是——我們的裝備都在駱駝身上呀。

我不想坐以待斃，趁著清晨，急忙往外走，希望能找到駱駝或同伴，我告訴自己，要冷靜，太陽升起來的地方是東邊，盯緊它，不要慌，總能找到我想去的地方。」

「那找到了嗎？」大家問。

「天氣熱到讓人受不了，我累得連外套都丟到地上，我愈走心愈慌，水壺只剩一點水，我那時只有一個想法：走！至少要在死前，多走一步。走呀走，走呀走，走到正中午，我突然發現沙地上有一行清晰的足跡。」

「足跡？前面有人呀！」我們替他鬆了一口氣。

「我拚了命的向前跑，不管前面是誰，找到他，或許就有水和食物，我追啊追啊，追了好久也沒看到人，卻看到一個黑色的物體在前方……」

我們亂猜：

「水壺？」

「骷髏頭？」

「一坨駱駝屎？」

白髮爺爺搖搖頭：「是一件外套，就像我丟掉的那件一樣，我再仔細看看，真的是我不要的那件外套。原來，我走了半天，追的是自己的足跡，我在兜圈子，而且兜了一整天。」

珠珠說：「你又把外套丟掉了？」

「不，那時接近傍晚，沙漠的夜晚，溫度很低，我拉著外套感謝阿拉，讓我有外套保暖，我暗暗發誓，再也不把它丟掉。第二天，我又餓又渴，水已經喝光了，我決定往另一個方向走，走錯路，就要勇敢承認錯誤，而且立即修正，否則，只會錯上加錯。這回，走了一陣子，終於發現一條駱駝足跡。」

蒜頭說：「太好了，找到駱駝就有救了。」

「我也這樣想，追了一陣子，真的發現一頭駱駝，只是駱駝上坐著一個人，他好像在喊什麼，我用力拉下他，跳上駱駝就跑。那人揮著雙手在背後求我，我不管，酷熱的沙漠地獄，不是你死就是我活。有了駱駝讓我心安，可惜的是駱駝背負的水壺也是乾的。」

這老爺爺真壞，搶了人家的駱駝。

「因為沒有水，我只能盡量趴在駱駝身上，用外套蓋住身體，走哇走哇，又走了幾乎一世紀那麼久，在寂寞的沙

漠，我突然聽到一陣腳步聲，追著我來。」

我們繼續亂猜：「是什麼？」

「法老王？」

「人面獅身像？」

白髮爺爺驚恐的說：「都不是，我只來得及一瞄，那人不由分說，就把我拖下駱駝，搶了我的駱駝，我求他、叫他，他也不理我，但是他的背影，分明

就是……分明就是……」

珠珠說：「什麼？」

「那是……那是我的背影，我自己搶了我的駱駝。」

阿正膽子小：「這……怎麼可能？」

「我不知道，等我爬起來，就看到了汗卡夫法老王的金字塔。其實它不遠，只是因為它是黃色的，在黃沙裡不起眼，我的同伴也都在那裡。他們衝過來告訴我，說我失蹤了兩天兩夜。我自己回頭望望，我就站在那口井邊，我到底去哪裡繞了兩天？」

阿正的評語是：「好像在沙漠遇到鬼，奇怪的是，那個鬼就是你自己。」

珠珠倒是記起：「不對呀，這個故事裡，沒有小紅帽？」

白髮爺爺從背包裡，很慎重的拿出一頂棒球帽。

「當年，不管去哪裡，我總是戴這頂帽子，大家都叫我……」他笑了一笑：「小紅帽。」

8 手扒猴

天色漸黑，我們還不想睡。

星星揉著睡眼，營火亂飛，白髮爺爺點名：「阿芬，說故事。」

短髮姐姐把藍波刀往地上一射，刀沒入土中，只剩刀柄，火光中，閃閃發光。

「我不會說故事！」

蒜頭崇拜的說：「說你打架的事嘛！」

「打架有什麼好說的？反正，人生就是不停的戰鬥，只要你不投降，就不算失敗。」

阿正問：「那……你遇過最厲害的敵人？」

「一個山洞，幾百個黑衣人。」她說話簡潔，不拖泥帶水。

白髮爺爺問眼鏡叔叔：「阿男呢？你總有一點故事吧？」

「我？」眼鏡叔叔肩上的猴子溜走了。「我沒看過故事書。」

蒜頭不相信：「從來沒看過？」

他緊張的看看我們：「我只懂動物，飼料說明書是我的童年讀物。」

他說話時，小猴子也很專心的聽。

蒜頭問：「牠可以借我玩嗎？」

眼鏡叔叔伸手一指，小猴子像是等這一刻等了很久，猶如一道黑色閃電，直接撲進珠珠懷裡。

珠珠？

珠珠大叫不要，還跳起來，邊抖邊叫，那隻小猴子半空轉身，跳到一旁的莉莉身上。

莉莉膽子更小，她嚇得雙手亂揮。

「救命呀，救命呀，誰來把牠趕走！」

這隻小猴子跳上她的頭，學著她亂揮亂叫。

吱吱吱！

眼鏡叔叔笑翻了。

原來他是故意的，他故意要小猴子找珠珠。

幸好阿正過去抱起小猴子，餵牠幾顆花生。

眼鏡叔叔看見他的動作，點了點頭：「嗯，你對動物很有一套喔。」

阿正笑一笑，不是對眼鏡叔叔，他現在專心在跟小猴子溝通。

他打開手掌心，上面還有幾顆花生：「再吃幾顆。」

小猴子吱的一聲，掌心上的花生牠不要，倒是從阿正口袋裡掏出一大袋花生，興高采烈的溜回去找眼鏡叔叔。

「牠會翻筋斗嗎？」珠珠問。

「會不會騎獨輪車？」蒜頭說：「馬戲團的猴子都會喔！」

小猴子一下子就把花生吃光了，又悄悄回到阿正身邊，在他身上摸來摸去。

眼鏡叔叔說：「牠不會表演，但是牠會的，別的動物可能也不會。」

這下子引起我們的好奇心：「是什麼？」

他拍拍手，小猴子抱著一支電話跳出來。

白底紅鍵，螢幕很大。

阿正大叫：「那是我的手機！」

他下意識的摸摸口袋，當然，口袋早就空了。

小猴子還有個包包。裡頭有——

珠珠的銀色髮夾。

蒜頭的小刀。

莉莉的梳子。

還有我家的鑰匙。

眼鏡叔叔說：「牠喜歡亮晶晶的東西，只要看到了，就一定會想辦法拿過來。」

莉莉想拿回她的梳子，小猴子不肯。

「你是小偷！」她氣憤憤的說。

珠珠說：「原來，這是一隻扒手猴。」

一直忙著收餐具的胖大娘走過來，從皮包裡找到她的鍋鏟：「你再敢拿走我的鍋鏟，我就把你料理成手扒猴。」

胖大娘的動作快，小猴子更快，扛著鍋鏟就想跑，胖大娘要牠放下，牠不肯，繞著營火就跑。

「放下我的鍋鏟。」胖大娘動作慢，追沒幾步，就停下來喘氣：「別……別跑！」

她愈說，小猴子跑愈快，一下子就溜進黑夜裡，看不見身影。

9 灰姑娘的蘑菇湯

不知不覺，已是深夜，月亮來到正中天，森林變成水晶宮殿。

眼鏡叔叔幫胖大娘找回鍋鏟，她的氣消了，端了一鍋「紅豆粉粿」出來。

「吃完宵夜，快去睡吧。」

我們歡呼，一人一碗。

阿正先喊：「鹹的！」

蒜頭也說：「不是紅豆，也沒有粉粿。」

我趕快嚐一口，黑胡椒口味，味道很鮮，入口滑滑嫩嫩，原來是蘑菇，只是它們紅紅白白小小的，乍看像是紅豆和粉粿。

「你煮的點心這麼好吃，在哪裡學的啊？」蒜頭問。

胖大娘沒好氣的說：「被逼出來的。」

「逼？誰敢逼你呀？」阿光又添第二碗。

阿光說的有道理，誰敢逼胖大娘煮飯？

她嘿嘿嘿一笑：「誰逼我？我逼我自己呀。」

莉莉不太相信：「你怎麼自己逼自己？」

「想當年，我年輕貌美，身材苗條，我爸開了一家大公司，我
要什麼有什麼，就像小公主。」
阿光唏哩呼嚕喝完第二碗：「公主？」
胖大娘又盛了一碗給他：「對，我二十五歲那年，爸爸公司來
了一位年輕的天才技師，什麼機械都會修，會駕駛各種交通工具。
他的廚藝就像五星級大廚，我不由自主愛上他，還跟他結婚。他駕
著我們的結婚禮物——一架雙人座的螺旋槳飛機去蜜月旅行。」
珠珠一臉羨慕：「好浪漫喔！」
胖大娘臉上微微一紅：「我們飛累了，就找機場休息，藍天白

雲，千山萬水，天空那麼大，想飛哪兒就開向哪兒。他教我開飛機，原來開飛機好好玩。小飛機彷彿能飛到世界盡頭那麼遠。飛呀飛呀，飛了幾千公里，就在我們準備返航時，遇上一陣暴風雨，飛機被雷打到，引擎著火，不得不迫降在一座小島的沙灘上。」

莉莉說：「小島？真像是天方夜譚。」

「不，比天方夜譚更慘。一開始，我先生試著把飛機拆開來修理，

那時還有食物，我們都以為很快就會被救回家，可是，等了十幾天，食物吃完，也沒人來找我們，飛機修不好，我先生終於露出真面目，他逼我找食物、煮東西，把我當成灰姑娘。」

珠珠說：「又沒有後母，你怎麼當灰姑娘？」

她笑一笑：「我從沒煮過飯，荒島上也只找得到蘑菇，這些蘑菇有的能吃，有

的有毒，我每一種都吃給我先生看，還幫蘑菇們編號。」

珠珠聽得很好奇：「怎麼編？」

她嘖了嘖嘴，彷彿正在品嘗蘑菇的滋味：「28號有牛奶味，32號味道像炸天婦羅，39號是尖頭胡椒，41號有蕃茄的清甜，這些都好吃。不過，要小心，色彩愈美的蘑菇愈毒。有時我吃到有毒的蘑菇暈倒了，他就打我，說我懶惰，我卻因此認識島上63種蘑菇。」

珠珠很生氣：「這個男人真壞！」

莉莉瞪著阿光：「對，男生都很壞！」

阿光吼著：「別吵啦！然後呢？」

「他說，如果不是為了我爸爸的錢，他根本不會娶我。」

我們大叫：「好過分！」

「他修飛機，我遞工具；他肚子餓了，我煮蘑菇。煮得不好吃，他把蘑菇砸到我臉上；他生氣時，還會對我拳打腳踢，但是只要他肯把我載回去，

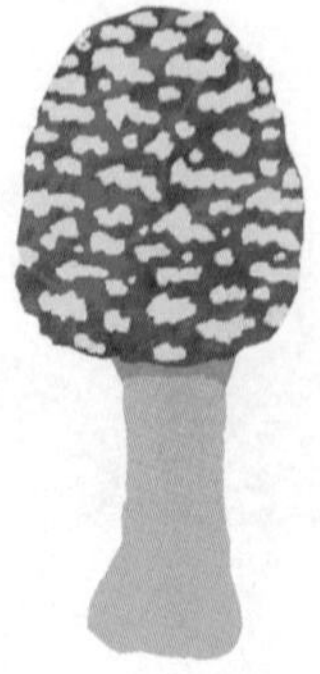

再苦我都願意。」

蒜頭問：「你怎麼不離開他？」

「那是一座島。」阿正說：「除非你變成海豚。」

胖大娘讚賞的看看阿正，繼續說：「直到有一天，飛機竟然修好了。我高興得大叫，他卻不說話，直接把我的行李丟下來，又折掉一個座椅，他說這是一架小飛機，無法載太多東西。

那時我突然明白了，因為他說了真話，所以他要把我留在荒島，自己駕飛機回去，說不定他還會編一套謊話騙我爸爸，說我們失事了，只有他存活下來。」

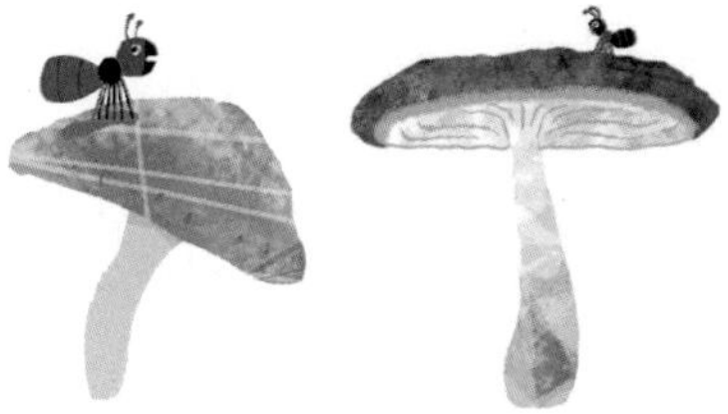

短髮姐姐把藍波刀往沙地上一插：「這個男人在哪裡？我替你去教訓他。」

胖大娘苦笑：「隔天早上，我們都不說話，我煮的是小島上最難找到的紅彩白銀小蘑菇。我胃口很差，吃不下去，我先生卻哼著歌，把整鍋蘑菇吃光，還稱讚我，說這是我煮過最好吃的一頓飯……」她的笑容很奇怪，「最後，我就駕著飛機走了。」

我想想不太對勁：「你駕飛機？那你先生呢？」

胖大娘的眼睛睜得好大：「我忘了說一件事，吃了那種紅彩白銀小蘑菇，會讓人昏睡一整天，他又吃了那麼多。」

「你好賊喔！」我大叫：「紅彩白銀小蘑菇長什麼樣子？」

她把鍋裡剩下的蘑菇撈起來：「就長這樣呀。」

「哦——長這樣呀——」蒜頭突然想到：「不對，我們也吃了……」

「後來呀，只要遇到難題，像今天晚上遇到不睡覺的小鬼時，我就會煮這麼一鍋。」

她頑皮的看看我們，我卻覺得睏了，打了個長長的呵欠，迷迷糊糊的……

10 我們一家都是豬

我在洗臉？

迷迷糊糊的，我還在洗臉。可是，我明明在睡覺呀。

想翻身再睡，不知道誰用粗粗的菜瓜布幫我擦臉。喔！我真的生氣了。

我睜開眼睛，面前有一張——

豬臉！

不是有人長得像豬，是一隻小山豬往我臉上猛舔。牠的舌頭很粗糙，感覺就像菜瓜布。

「救命呀！」我推開牠，驚醒所有的人。

「怎麼回事？」阿正驚慌的問：「是地震嗎？」

「豬！」我指著那隻小山豬：「牠舔我。」

阿光恐嚇牠：「快叫胖大娘，你是今天的午餐。」

小豬一點也不怕，東拱拱珠珠，珠珠喊不要；西拱拱莉莉，莉莉放聲尖叫。

「誰快把牠趕走啦！」她們邊跑邊說。

蒜頭拿著睡袋，睡袋蓋住小豬，小豬也在喊救命：

ㄍㄧ——ㄍㄧ——

「別叫，別叫。」阿正安慰牠。

就在我們以為危機解除的時候，砰的好大一聲，帳棚不知道被什麼撞了一下，倒下來蓋住我們，烏漆抹黑，亂七八糟。

「是飛碟嗎？」蒜頭問。

「我的頭好痛！」莉莉在哭。

我提醒大家：「先出去再說。」

七手八腳找出口，還沒站起來，砰的又一聲，外頭不知道是什麼東西，又把我們撞倒在地，這回我剛好滾到帳棚口，連忙鑽到外面去。

天氣晴朗，陽光普照。沒有飛碟，沒有火車，一隻巨大的山豬，不懷好意的瞪著我。

「山豬媽媽？」蒜頭在後頭問。

也許是小山豬的叫聲，把牠吸引過來……

小山豬掙脫阿正的懷抱，奔向山豬媽媽。

趁牠們母子團圓，蒜頭拿著鐵鍋，揮手叫大家爬到樹上。

我前腳才剛爬上去，山豬媽媽已經衝過來。

咚的一聲，蒜頭拿著鐵鍋擋在樹下，英勇的展開人豬大作戰。

32

山豬媽媽肚子一定很餓，猛咬著鐵鍋不放。

「小傑，你快想想辦法！」阿正在我頭上喊。

我有什麼辦法可以想？我東張西望，恰好看見阿正的包包在我頭上晃呀晃。

阿正的包包，應有盡有，還有一條奶油吐司。

「阿正，你把吐司丟給牠，其他的人準備跑。」

一旁的阿光躍躍欲試：「我來！」

那條吐司被他拋出去，立刻在空中散開。

山豬媽媽聞到香味，放開鐵鍋，轉身去追吐司，我們趁機會跳下樹開始跑。

咚咚咚，我的心臟都快跳出來了。

唉唷！是珠珠，珠珠跌倒了。

才剛把她拉起來，山豬媽媽吃完吐司，又追來了！

齁齁齁，似乎在說：還要還要，再給我一條吐司。

阿正連頭都不敢回：「沒有吐司了啦。」

阿光反應快，立刻從阿正包包裡掏出一個罐頭扔出去。

就那麼巧，罐頭砸在山豬媽媽的頭上。

咚的一聲，山豬媽媽更生氣了。

都是阿光啦，罐頭沒打開怎麼吃。

「對……對不起。」阿光邊跑邊叫。

山豬媽媽不聽，長長的鼻子用力一拱，差點就把他的褲子咬掉。

這下來不及細想了，阿正包包裡的餅乾、糖果、牛奶和巧克力全被我們丟出去。山豬媽媽的口味不好捉摸：起司夾心酥，牠沒興趣；巧克力棒棒糖，牠停了好久，大口吞掉。

跑著跑著，小山豬也跑來助陣，我們從一號山往下跑，本來想跑回碼頭找救兵，半路上，卻出現一隻特大號山豬擋路，皮黑肉粗，不懷好意的瞪著我們。

「那是山豬爸爸嗎？」莉莉問。

阿光大叫：「山豬媽媽都對付不了了，再來一隻爸爸，那還得了？」

11 夏令營的考驗

幸好，這裡有條叉路，我們急忙轉彎，邊跑邊丟，連泡麵、可樂和……

「衛生紙？」

那是珠珠丟的，珠珠嚇得都快哭了：「人家找不到別的東西了嘛！」

這條路通向二號山，而且一路上坡。

爬呀爬呀，我從來不知道，我跑步的速度可以這麼快，連嬌嬌女莉莉都可以。

阿正的背包空了，我們也爬到山頂，前面是一片山壁，沒路了，人人緊貼著山壁，一轉身，三隻山豬全到齊了。

齁齁齁！

啊——珠珠和莉莉在尖叫。

阿正把包包整個攤開：

「沒有了，都被你們吃光了。」

山豬媽媽不相信，大嘴一張，咬住阿正的包包不放；山豬爸爸也不相信，兩隻大山豬一隻咬一邊，像拔河一樣。

那隻小山豬跑到我面前，歪著頭，盯著我，好像在問，還有東西吃嗎？

我伸手在背後亂摸，山壁下，長了幾朵香菇嗎？我胡亂摘了幾朵，丟過去，小山豬張嘴就咬，喀滋喀滋，好像嚼得很快樂。

仔細看，那是白色的蘑菇嘛，山壁下，太陽照不到，密密麻麻長了一大片。

我蹲下去採，一採就是一大把，小山豬埋頭猛吃，吃多了，還抬起頭來，瞇著眼睛好像在笑，似乎在說：真好吃。兩隻大山豬也不搶背包了，全都圍過來，一家三口，努力吃蘑菇。

阿正、阿光和蒜頭都過來幫忙採，這附近的蘑菇很多，牠們一定是肚子餓了，以為阿正的包包真的什麼都有，才會這樣拚命的追呀追。

阿正輕輕拍著山豬媽媽的頭說：「好了，多吃一點，吃飽了，就趕快回家，知不知道？」

齁——山豬媽媽連頭都沒抬。

倒是珠珠尖叫的聲音，又嚇了我們一跳。

啊——她的叫聲太大，對面山谷都傳來回音。

「紅彩白銀小蘑菇！」

她指著蘑菇說：「這種我們昨天晚上吃過。」

對呀，圓形白色的蘑菇，上頭有一點點紅色的圓珠，看起來像是紅豆粉粿。

阿光問：「吃都吃了，會怎樣？」

彷彿在回應他的話，那隻小山豬毫無預警的，四肢一軟，啪的一聲，直接癱軟在地上。

然後是山豬媽媽。

山豬爸爸努力撐起迷離的眼睛，看了我們一眼後，像慢動作播放般，慢慢的頭抵著地，後腿軟了，頭搖了搖，似乎想站起來，可是地心引力勝過牠的努力，於是牠砰的好大一聲，整個趴到地上。

風吹，樹香，四周很安靜。

莉莉在哭：「好可憐，牠們好可憐。」

她的心腸最軟，常常拿自己的早餐去餵流浪狗，現在看見三隻山豬死了……

「牠們只是睡著了，沒事。」阿正指著山豬爸爸起伏的肚子，「看到沒有，沒事啦。」

對呀，昨天我們就是吃了這種蘑菇湯，才會昏睡那麼久。

「那老師他們呢？」蒜頭問。

蒜頭的話，提醒大家：從我們醒來後，一直到被山豬追，六個人在山上大呼小叫，從一號山跑到二號山山頂，老師他們呢？

「這是夏令營的考驗。」阿正說。

「我討厭考試！」阿光大聲的抗議。

莉莉擦掉眼淚：「不是考試，是考驗，像闖關遊戲。」

她這一說，大家都有興趣，說不定老師他們就躲在遠方，正用望遠鏡在觀察我們呢。」

「我喜歡闖關遊戲。」

阿光笑了，他很快就在山壁另一邊，發現一個黑黝黝的山洞。

他圈著兩手，用力喊著：「裡面有人嗎？」

山洞裡頭，沒人回答，但是，我們都覺得老師們就躲在裡面，胖大娘還煮好了午

餐，等我們找到她時，就能享用。

莉莉有點擔心：「山洞這麼暗，裡頭會不會有老虎？」

阿正猜：「說不定有黑熊。」

我們開始亂猜：「也有可能是大象！」

「吸血鬼？」

「殭屍？」

蒜頭喊停：「來都來了，進去再說。」

阿正說的也有道理：「裡面那麼黑，又沒手電筒。」

阿光決定第一個走進去，因為他的視力三點零，蒜頭要大家靜一靜，還是拿枝火把再進去。

阿正什麼都帶了，就是沒帶火把：「而且，這裡沒有超商，買不到火把。」

蒜頭撿了一根樹枝回來：「原始人想要什麼都得自己做，大家去找樹幹，撿枯草，我們自己做火把。」

他把阿正壞掉的背包撕成一長條，然後纏在樹枝上，做成一支火把。

阿光的火把是一根和手臂一樣粗的樹幹：「這才是男子漢的火把，跟原始人一樣。」

莉莉在她的火把上插了幾朵花，我們告訴她，燒起來，小花會枯掉。

「那時只會有火花。」蒜頭瞄了她一眼。

阿正只相信便利商店賣的火把：「其他的都會爆炸。」他堅持不動手做火把，我們不反對，希望他進山洞後要跟緊，不然，便利商店不會派人來救他。

珠珠說：「世界上有各式各樣的人，基本上，人人都是怪咖，只是看你怪在哪裡罷了。」

她說的沒錯，因為阿光拿著樹幹，正在石頭上轉啊轉啊。

「原始人可以，我也可以。」

他的額頭都是汗，我們忍不住問：「阿光，你到底在做什麼？」

「鑽木取火！」他說得好讓人佩服。

不過，我們更佩服阿正，阿正背包裡的東西都壞了。但是那個特大號的打火機，可牢牢的綁在腰上。

蒜頭點燃火把，拍拍阿光的肩膀。

「你是男子漢，你在這裡鑽木取火，我們先走一步。」

12 不停戰鬥的人生

走進山洞，我們不由自主緊跟著走。

山洞很大，不用彎腰走路，走哇走，走了一小段路，就遇上叉路。叉路有三條，黑黑的洞口，等人決定方向。

蒜頭左看右看，猜不出來：「走哪一條才對？」

珠珠想幫忙：「讓我來，我可以用紫微斗數找路！」

我們急忙搖頭，謝謝她的好意。

阿光把他的鼻涕擤掉：「讓我來，我聞得到他們的味道。」

「你？」

阿光的鼻水，是永遠流不完的水龍頭，現在他說他的嗅覺好？

「我是海愛牛社區的好鼻師，誰家煮什麼好吃的，我一聞就知道。」

難怪，我媽炸薯條時，阿光都會剛剛好出現。

現在，他在空中嗅嗅聞聞：「中間，沒錯，中間的山洞，有短髮姐姐飄柔洗髮精的味道。」

山洞這麼臭，他還聞得出飄柔洗髮精？

阿光嘻嘻的傻笑：「昨天在娃娃車上，我跟她靠得最近。」

對呀，不管在車上還是在船上，他都靠在短髮姐姐身上。

才走一點點路，這裡又分出兩條叉路。

「右邊。」他說。

火把大隊往右移，走了一段，叉路又來了。

「左邊。」他說，「香氣濃。」

火把長龍向左轉。

ㄨ……ㄟ……

一陣恐怖的聲音，突然來自後頭，火把隊伍全都停了下來。

「珠珠，你別嚇人。」是莉莉的聲音。

隊伍最後頭的珠珠笑她：「膽小鬼，有什麼好怕的。」

山洞邊，有滴答滴答的水聲，滴到脖子冷颼颼。

ㄨ……ㄟ……

又是一陣恐怖的聲音傳來，又是珠珠，她這回假裝是鬼，用冰冰的手去嚇莉莉。

「我不要玩了！」莉莉生氣了。

隊伍暫停，蒜頭說話了：「珠珠，你到前面來；阿光，繼續走。」

阿光拿著他的大火棍，照得影子搖來晃去，他是男子漢，在黑漆漆的山洞裡，勇敢向前走。

「怕什麼啦，只要有我在，什麼鬼也不用怕。」阿光說得很豪氣。

蒜頭才是海愛牛的男子漢，所以，我們很有默契的停下腳步，大家一起發出——

ㄨ……ㄟ……

「哼，少裝了。」阿光連頭都不回，拿著火把繼續往前走。

嚇不到他，我們彼此看了一眼，同時將火把滅掉。

山洞刹時變黑。

咚……咚……咚……

阿光走遠，山洞更暗了。

我們緊閉嘴巴，忍住笑意。

等啊等，阿光的火把消失在轉角，一陣ㄘ……ㄘ……的聲音在四周迴響。

「阿光，你少裝了，我們不會怕。」我們同時點燃火把。

火光中，只見阿光一臉驚慌：「這裡臭得聞不到短髮姐姐的髮香味。」

他說的沒錯，ㄘ……ㄘ……的聲音愈來愈響，什麼東西迅疾如閃電，在火光中飛。抬頭，我們上空有片急速轉動的烏雲，正在不停的轉呀轉呀。

蒜頭拿著火把比劃：「是蝙蝠。」

這裡像個臭氣沖天的大教堂。高高的洞頂，是蝙蝠的家，地上堆滿牠們的便便和骨骸、果核。

或許是我們打擾了蝙蝠睡午覺，牠們氣得在洞裡示威抗議，幾隻特別憤怒的蝙蝠，還朝我們飛過來，嚇得大家一陣亂叫。

「走開！」

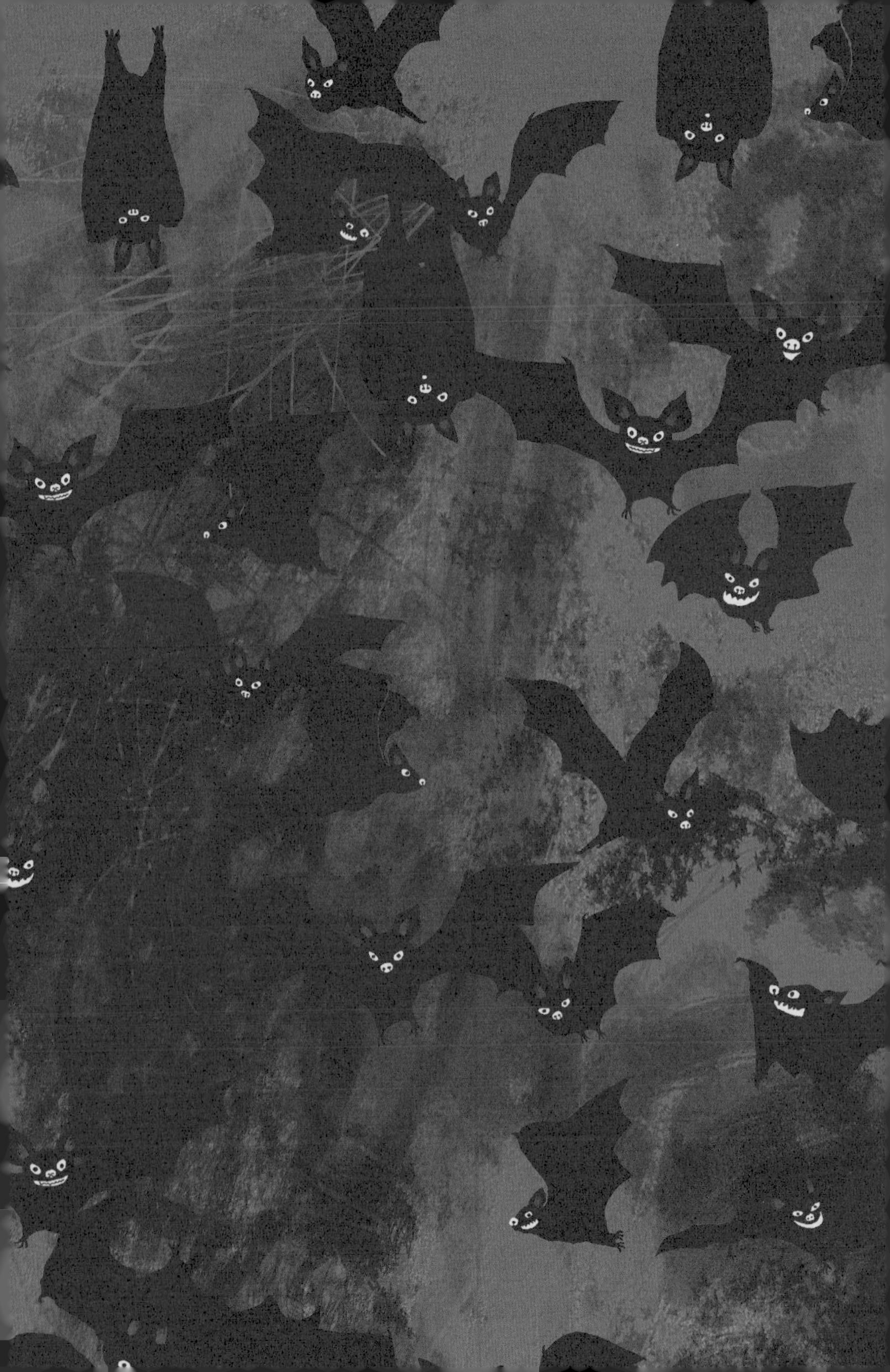

蒜頭的火把變成球棒，他不斷的揮舞，有的蝙蝠半空來不及轉彎，被他擊中，變成黑色的砲彈，射向黑漆漆的洞裡。

「用力揮，牠們怕火。」蒜頭指揮。

五根火把，在洞裡不斷的翻騰。

牠們是憤怒的主人，想把我們這群不速之客趕走。

但是，「我們是海愛牛的小孩耶！」蒜頭的聲音，在這時聽起來，格外讓人振奮。

偶爾，我擊中一隻蝙蝠。蝙蝠發出ㄘ……的怪叫，彈向遠方，幸好有火把，牠們不敢近身。

「我不怕！」我大吼著。

時間到底過了多久？

一定是很久很久，但是蝙蝠卻像趕不完似的。

「人生就是不停的戰鬥，」短髮姐姐好像這麼說過：「只要不放棄，就不算是失敗。」

我的手好痠，但是，我感覺手上的壓力變小了，山洞上的烏雲也少了，像颶風突然來，又突然走。

一下子，整洞的蝙蝠幾乎都不見了，沒飛出去的，也都倒吊在岩洞頂上，動也不敢動了。

「我們很厲害！」阿正喘著氣笑了。

「海愛牛的小孩，沒那麼好惹。」我們一身狼狽，好累，卻也好高興。

然後，就在搖曳的火光中，我們都看見了——

地上有個箱子。

蒜頭立刻猜到：「下一關的指示在裡頭，夏令營都麼這樣玩。」

他微笑的說，輕輕一拉，木箱就整個掀了開來，唏哩嘩啦，滾出一大堆東西。

13 奪寶大計畫

金光四射，珠光寶氣。

天哪，在火把照明下，箱子裡頭全是寶石、首飾和金幣。

「這是海盜的寶藏庫？」阿正問。

對呀，只有海盜才會把金銀珠寶藏在這裡吧？

很快的，珠珠的脖子上，就掛滿了紅寶石、藍寶石的項鍊。

莉莉找到幾顆亮晶晶的石頭，她堅持：「鑽石！」

鑽石有刺眼的光芒，晶瑩剔透。

蒜頭對這些沒興趣：「我肚子餓，怎麼沒有食物？」

對呀，如果有幾包泡麵或麵包的話……

翻翻撿撿，我找不到泡麵，卻在箱底發現四個面具——

超人、蜘蛛人、蝙蝠俠和電光俠。

這些面具很新，所以這個箱子，絕對不是海盜藏的。

難道真的是老師他們放的？

我手裡拿著電光俠面具，在面具底下，還有一本小冊子。

打開第一頁，不是我期待的藏寶圖，第一頁只有一行大字：

奪寶大計畫

第二頁開始全是各縣市的地圖，地圖上標著好多店家的位置——有錢人銀樓、豪野珠寶、金生鑽世銀飾旗艦店。

店家位置邊，密密麻麻寫滿註記——保全、胖車、猴男、撤退、芬女……

我腦海裡，好像有什麼一閃而過。

蒜頭湊過來研究：「這些海盜好奇怪，幾百年前就有現在的地圖？」

對呀，幾百年前的海盜怎麼可能有我們的地圖？

我突然想到：「強盜，他們是強盜。」

蒜頭也在大叫：「沒錯，他們是強盜！」

阿正問：「誰呀？幾百年前的強盜？」

我搖頭：「不是，幾百年前沒有超人。」

「也沒有今天的地圖。」阿正指著地圖出版日期，出版不到三年。「而且，注意到沒有，四個面具，四個人名。」

這下子，連阿正也懂了：「阿芬，是短髮姐姐。」

一定沒錯，眼鏡叔叔的猴子喜歡亮晶晶的東西，牠鑽進去偷鑰匙，如果保全發現了，短髮姐姐負責格鬥，撤退的路線上，有胖大娘接應，她會駕駛各種交通工具，她鐵定擔任把風兼接應。

至於白髮爺爺，他自己說得很明白，他是觀察與計畫的專家，換句話說，他就是主謀。

蒜頭看看我們：「昨天停紅燈，那四個穿童軍服的人，才是正港的老師。」

阿正嚇得結巴了：「他們……假扮老師，把搶來的寶石……藏在這裡？難怪，他們昨天不讓我們跟，又把我們迷昏。」

蒜頭判斷：「昨天警察圍捕的，就是他們。」

火光搖曳，我們面面相覷：「那……我們現在怎麼辦？」

像回應我們的話，黑漆漆的岩洞，傳來一陣聲音，我們立刻安靜，聲音雖然小，卻像是有人在說話，而且正在靠近中。

阿正臉色蒼白：「是短髮阿芬，她……她會殺人滅口嗎？」

我們連忙把珠寶放下，箱子來不及恢復原狀，想逃出去，又怕碰到他們。

蒜頭急中生智：「弄熄火把，躲起來，希望他們不會發覺。」

我的心臟跳得好快，莉莉緊抓我的手，她的手心全是汗，還在微微發抖。

我們悄悄躲進另一條叉路，又朝後多退幾步，才剛蹲好，就感覺到山洞有點兒光亮。

我偷偷看了大山洞一眼，出現幾束手電筒的光線，走在前面的，果然是白髮爺爺。

「咦！」他彎下腰，拾起地上的面具：「有人來過。」

哎呀，剛才只顧著把寶石放回去，面具隨手就丟在地上。

「有火把的味道，他們還沒走遠，說不定，」短髮姐姐說：「他們就躲在這附近。」

手電筒的光束像探照燈在岩洞裡翻飛巡曳，激得岩洞上方僅剩的蝙蝠在洞裡盤旋，還有幾隻飛過我們頭頂，喔，好臭，牠們又消失在我們身後的黑暗中。

我們急忙壓低身子。

蒜頭問：「阿光，你能聞到短髮姐姐頭髮上的香味，那，蝙蝠的臭味？」

對呀，蝙蝠如果往我們這兒飛，那……這兒說不定通向另一個出口。

「臭味？」黑暗中，阿光嘟囔著：「那不一樣呀。」

「行不行啦？」

他沒好氣的說：「當然可以，別忘了，只要擤掉鼻涕，我就是海愛牛嗅覺第一的小孩！」

一股風，從前面吹來，這裡雖然暗，但是因為在黑暗裡待久了，勉強可以辨認出一點什麼。我們手牽手走在一起，跌跌撞撞，忽高忽低，走了一段距離，風更強，山洞更亮。

倒楣的是，短髮姐姐酷酷的說：

「他們從這裡走的。」

手電筒光線跟在我們後頭，來得很急，距離不斷的拉近中。

我們忍不住加快腳步，山洞卻從這裡開始向下，地上溼滑，不知道是誰，一腳踩空，我們被他一拉，不由自主，跟跟蹌蹌的跌坐到地上，可是，跌勢不止，沒有東西可以讓我們拉住，於是，我們竟然把山洞當成溜滑梯，一路快速的向下。

嘩！愈溜愈快。

哇！好像是阿正在尖叫。

溜滑梯的出口是什麼地方？

救命呀！我們忍不住開始大叫。

14 歡迎光臨餓蘑島夏令營

暗暗的山洞，出現一道光。

光線愈來愈近，滑梯愈來愈緩。

那是出口嗎？

阿光大叫：「是海，我聞到海的味道了。」

沒錯，風鹹鹹的，真的是海風。

東拐西繞，高高低低，沒有叉路，我們就這麼直接滑出……

屁股不會痛，我們滑出來的地方，是一片沙灘嘛，回頭看看，這是個被海浪侵蝕出來的山洞，再仔細看看，哈哈，這是我們昨天行軍時經過的蘑菇鼻涕孔嘛！

重新看到藍天的感覺真好，我深深吸了一口氣，哇，連空氣都好棒。

昨天經過這裡，蒜頭還在和短髮姐姐比賽，看誰先衝上餓蘑一號山。

現在站在鼻涕孔，往下看，餓蘑島營地並不遠，快跑的話，半小時應該可以到。

「快走吧，我好像聽到那四個強盜的聲音了。」蒜頭催著。

鼻涕孔出來，全是下坡，跑起來並不費力，珠珠落在最後，我和蒜頭不得不去照顧她，而四個強盜也已經追到出口，短髮姐姐的藍波刀，在陽光裡閃耀。

珠珠頭上纏滿了寶石髮夾，脖子上掛著幾十串項鍊，兩隻手還抓著大把的鑽石。

「難怪你跑不快！」蒜頭怒吼。

「丟掉，把它們全丟了。」我把她的手指一根根掰開，讓鑽石掉進沙地。

我們每浪費一秒鐘，那四個強盜就離我們近了一點。

蒜頭推了珠珠一把：「小傑，你帶她往下跑。」

「那你……」

蒜頭豪氣的停步：「該戰鬥就戰鬥，這才是人生，我擋住他們，你帶大家去營地求救。」

「我……」

「再慢連你也要留下來了，快去！」他怒吼。遇到這樣堅強的人，我還能說什麼？我什麼也不能說，拖著珠珠往下跑，蒜頭望著我們，臉上帶著男子漢的微笑，轉身迎向他說的戰鬥。

「蒜頭——」珠珠喊著。

珠珠跑得很慢，我要幫她把那些沉重的寶石項鍊丟掉。蒜頭擋住短髮姐姐，白髮爺爺、胖大娘和眼鏡叔叔繞道追下來。

這是下坡，我們連滾帶爬，感覺衝得很快，但是，他們的腳步更大，昨天爬山還氣喘吁吁的白髮爺爺拉住阿正，胖大娘就跟在阿光和莉莉後面，我急忙大叫：「大家散開，散開！不要跑在一起！」

接近營地，碼頭和海邊更近了，這段路全是小石頭和雜草，跑時要很小心，不然就會被絆倒，也許我就是太專心腳下，才沒看到碼頭上停了一艘大船。

「啊，放開我啦。」莉莉被胖大娘一把抱住，阿光想救莉莉，胖大娘惡狠狠的，連阿光也被抓住了。

「小傑，你去救他們呀。」珠珠說。

「不行，快衝去營地找胖子主任，叫他報警！」我大叫。

我跑得更快。

「小鬼，別跑呀。」白髮爺爺，不對，是白髮壞蛋在後面大喊，聲音近得就像在耳後。

幸好，餓蘑島營地到了。

咚咚咚，跑過警衛室，裡頭沒有人。

咚咚咚，經過營本部，那裡也沒人。

「救命呀！救命呀！」我和珠珠在空空盪盪的營地裡大叫，卻沒人出來。

「難道他們全都被……」我心裡閃過一絲不安的

感覺。

我的腳步慢了，回過頭，站住。

白髮爺爺也來到門口，他兩手抱胸，蒜頭他們雙手被綁著，強盜們冷冷望著我們。

「投降吧。」白髮爺爺說。

我搖頭，可是又不知道該怎麼辦？

珠珠說：「你們這些臭強盜，我要跟我爸爸說，叫警察把你們全都抓起來。」

包圍圈漸漸縮小，我可以看到胖大娘臉上邪惡的笑容，我們倆退了一步又一步。

她揮舞鍋鏟要我們投降，我突然想到：「原來，這裡就是你當初迫降的地方。」

她點頭。

珠珠對眼鏡叔叔說：「那些山豬都是你養的？」

眼鏡叔叔肩上的小猴子翻了個筋斗。

我問短髮姐姐：「那……

那個山洞呢？就是你遇到敵人的地方？」

「敵人是那些蝙蝠？」珠珠問。

她不說話，把藍波刀揚高，靠近蒜頭。

蒜頭大叫：「爸爸！」

唉，都什麼時候了，叫爸爸有用嗎？我和珠珠又退了一步，我的背碰上了……一個人？

難道……這四個強盜還有同伴？

我遲疑的轉身，影影綽綽，眼前有好多人。

那些人全在笑，笑得好高興，被我撞到的人，嘴裡有滿口金牙，這不是……這不是吳牙醫嗎？

我爸爸、媽媽就站在後頭。

胖子主任擠出人群，拉起我和珠珠的手：「餓蘑島夏令營，闖關者六人，過關者二人，成功率百分之三十三。」

什麼成功率，什麼闖關？

我一肚子疑問，短髮姐姐已經割斷

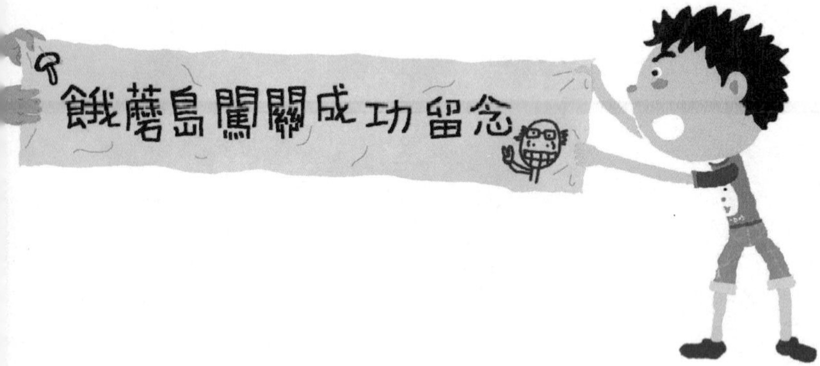

蒜頭手上的繩子。

「這是怎麼回事呀？」我望著爸爸，「你們不是去環島進香嗎？」

我爸爸搖著他的三角進香旗：「沒錯呀，這個島上有三間廟，我們等一下就要去環這座島拜拜。」

蒜頭指著短髮姐姐說：「他們是強盜，搶了珠寶行。」

胖子主任拍拍他的頭：「嘿嘿嘿，

鑽石是透明果凍，寶石是彩色巧克力。」他吹了聲口哨，一號山的山豬和猩猩跑出來，繞著我們跳呀，跳呀。

珠珠很生氣：「你們是說，這一切都是……都是假的？」

吳牙醫拉開一條長長的布條：餓蘑島闖關成功留念。

他叫我拉住一端，招呼大家站好：「不假，不假，吳國正當里長，小朋友才有這種夏令營可以玩，來嘍，笑一笑，準備照相，來，大家一起說，西瓜有甜嗎？」

「甜！」大人笑容滿面，小孩怒氣沖天。

就在相機按下的同時，一號山山頭，傳出一陣恐怖的叫聲。

「啊——」

我們面面相覷，又發生什麼事了？

胖子主任看看錶，對我們比個噓：

「山氣鼠社區小孩，足足慢了你們三小時五十六分才發現山洞。」

我問：「你是說……他們也在闖關？」

他拍拍我的肩：「來，大家躲起來，等一下，換你們給他們一個難忘的夏令營！」

後記

餓蘑島，野野去——

讀書時，曾經到澎湖去當夏令營的輔導員，一待就是個把月。

說當輔導員是藉口，我們大半的時間都和同學在島上亂跑。

吉貝島的白沙，馬公的碼頭，西台古堡的地道，和老阿媽在家屋前聊天……

印象比較深的是澎湖的雨。記得那天，我載著學妹大頭英，兩個人騎一輛破破舊舊的野狼機車奔馳在小島唯一的公路上，騎呀騎呀，陽光很強風很大，突然，學妹用力拍了我的頭（當年還沒規定要

戴安全帽），大頭英的頭大力氣也大，她敲得我頭疼，我正想罵她，她指指天上，噢！天邊捲起千堆烏雲，雲裡隱約可見金光閃閃，雷聲隆隆——尷尬，昧落厚哇！

下雨沒什麼好怕的，只是歐都拜上只有一件小飛俠式的雨衣。我演英雄，要把雨衣給大頭英妹妹；大頭英妹妹扮孔融，想把雨衣讓給學長，兩個人推來讓去，眼見雨被風吹，愈來愈近，澎湖郊區四野無人，只有老牛一條安詳的望著我們，剎那間，風夾狂沙，雨伴雷鳴，下起了傾盆大雨。

雨真大，再也顧不得梨子與英雄，不對，是孔融與美女，唉，反正就是我穿上雨衣，學妹躲在我身後，兩人像連體嬰一樣，正要發動歐都拜——

雨停了。

沒錯，雨、真、的、停、了，熾熱的陽光探臉，

我們像被大雨澆草般的淋得全身溼透，烏雲卻像沒事人般的走了，更慘的是歐都拜也淋壞了，老牛哞了一聲，安靜的繼續吃牠的草，我和大頭英邊走邊罵邊笑，推著車找人修理去。

哎呀呀，這麼有趣的島，我小時候如果就能來這裡玩，那該有多好？

這是我對澎湖的印象，無拘無束，只想大笑幾聲，在草地上亂跑的島。

寫這本書時，無來由的想起它來，固執得非要寫個島的故事不可，對，而且只有在炎熱的夏天，有空曠的海岸線，強勁的大風和白花花的陽光，只有這樣絕對的條件，才能跑出這樣的故事來。

我們的孩子，平時的規矩太多，要做的功課永遠也做不完似的，還有安親、美語、畫畫、練琴……

愈說愈可怕，別怕別怕，看到這裡，回家記得帶孩子去登山、旅行、溯溪、潛水……，如果暫時做不到，嗯，把這本《歡迎光臨餓蘑島》看完，先讓孩子的想像力去冒險。

然後，有一天，絕對要帶孩子找座島去冒險，去玩玩。孩子的大好童年，還有家長的二次童年，切莫白白溜走，絕對要在島上野野去的，對不對？

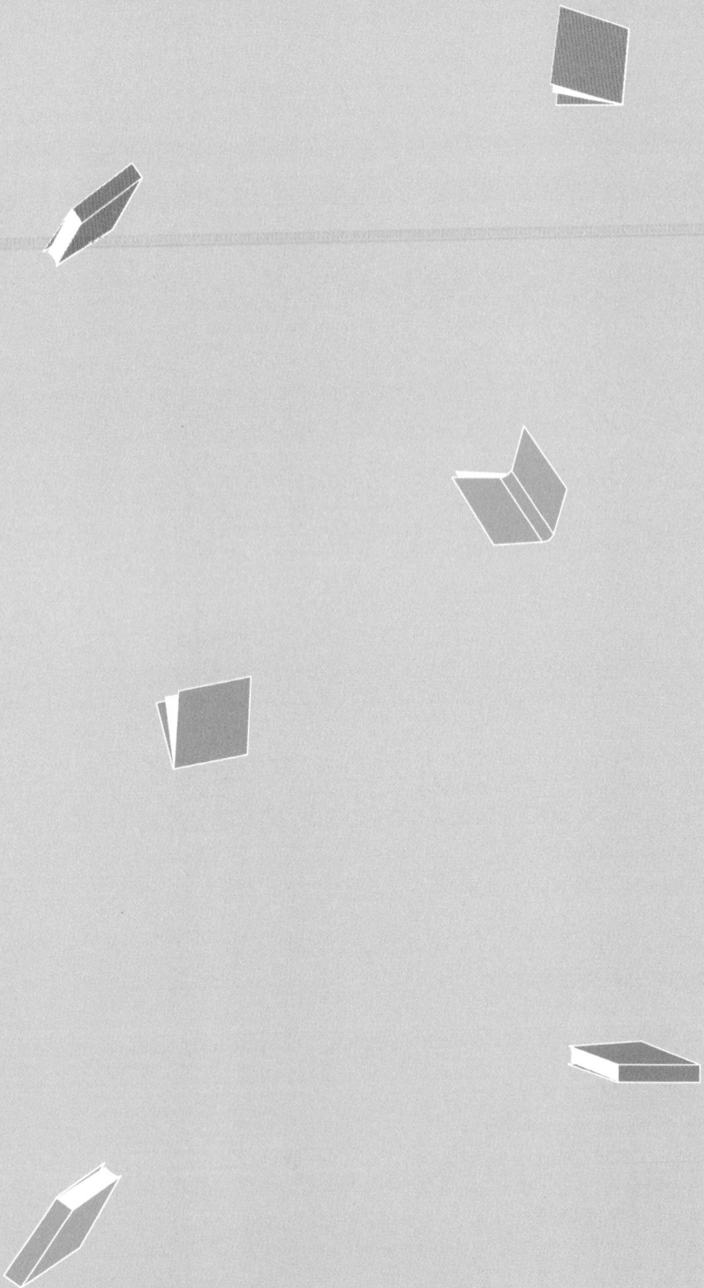

閱讀123